Primera edición en alemán: 1994
Primera edición en español: 1994

Coordinador de la colección: Daniel Goldin
Traducción de María Ofelia Arruti

Título original: *Schlaraffenland*
© 1994, Editorial J.F. Schreiber GmbH, "Esslinger"; Postfach 2 85, 73703, Esslingen, Alemania
ISBN 3-215-11436-4

D.R. © 1994, Fondo de Cultura Económica, S.A. de C.V.; Carr. Picacho Ajusco 227; México, 14200, D.F.

ISBN 968-16-4501-4

Impreso en Bélgica • Tiraje 10000 ejemplares

KASPARAVIČIUS

Texto de Roswitha Fröhlich

EL PAÍS DE JAUJA

LOS ESPECIALES DE

A la orilla del viento

FONDO DE CULTURA ECONÓMICA
MÉXICO

¿Quieres venir conmigo al País de Jauja? ¿Eres acaso tan perezoso como Lisa Miranda, tan mentiroso como Mini, Mau y Moguel y tan glotón como el Abuelo Panza y sus amigos? Si es así te recibirán con los brazos abiertos. El camino es muy fácil de encontrar: cuando salga la Luna llena sigue al Sol hasta el otro lado del mar.

En cuanto llegues, encontrarás el fabuloso castillo de los príncipes de la Gran Flojera. Todos sus habitantes roncan tan fuerte que hacen estremecer las paredes del castillo.

Para continuar, debes escalar sus gruesos muros.
Pero ten cuidado, no vayas a quedar atrapado.
¡Los príncipes de La Gran Flojera construyeron los
muros de arroz con leche y los rociaron con jarabe
de frambuesa!

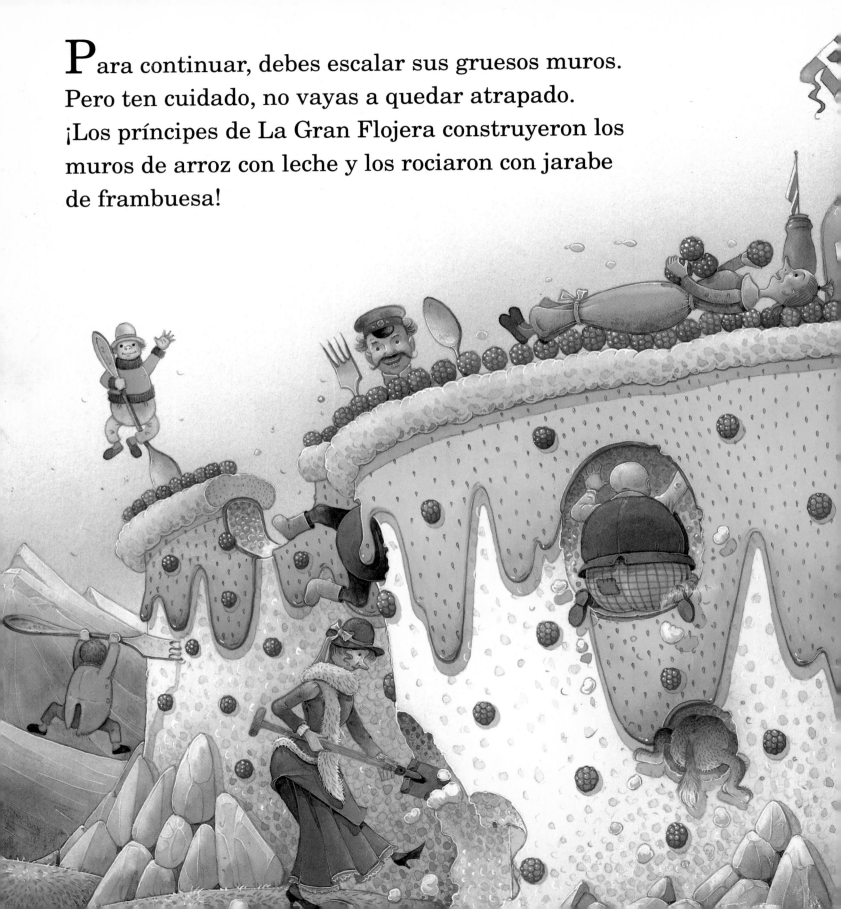

Una vez del otro lado, estarás por fin en el País de Jauja. Las reglas de tránsito son fáciles: arriba significa abajo, derecha significa izquierda, aquí significa allá, punto significa coma y los lechones asados tienen prioridad de paso.

Deberás dejarte guiar por tu olfato, en zigzag, directo hasta las casas de comida. Pero, ¡cuidado! ¡No todo lo que huele bien sabe bien! Por ejemplo, las tejas del techo de pan de jengibre están endulzadas con sal, ¡y saben a cola de pescado! Los glotones como Mini, Mau y Moguel llegan a sentirse verdaderamente mal.

A siete saltos de gato se encuentra el bosque mágico de azúcar y canela. Por desgracia, resulta cansado apoderarse de todas las cosas sabrosas que hay ahí, las más deliciosas cuelgan en lo alto de los árboles. Los perezosos como Lisa Miranda y Beto Patafloja ni siquiera lo intentan, porque al lado, a la derecha izquierda ¡hay algo mucho mejor!

En el País de Jauja las cacas de caballo son increíbles. Parecen huevos de pascua, están rellenas de mazapán y cuando les ordenas ¡saltan directo a tu boca!

Hay un solo problema en el País de Jauja: la sed. Los príncipes de la Gran Flojera prohibieron que la gente decente beba limonada. Para los que se portan bien ¡sólo hay suero de leche y té de menta! Pero los que meten la nariz en todo como Casimiro Orejón pueden beber lo que se les antoje.

A los buenos y honrados se les recomienda con urgencia que retrocedan sigilosamente hacia adelante, hasta el bosque de las mentiras, y se disfracen de novias de gángsters y de malandrines debajo de los arbustos embusteros.

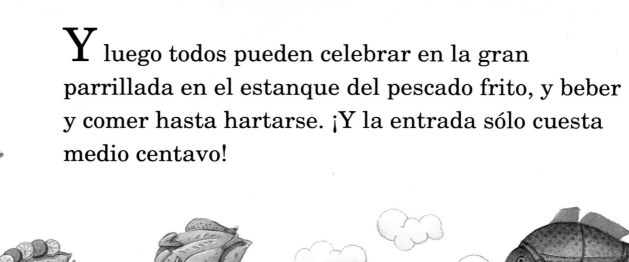

Y luego todos pueden celebrar en la gran parrillada en el estanque del pescado frito, y beber y comer hasta hartarse. ¡Y la entrada sólo cuesta medio centavo!

Los tacaños como Fridolin Flop simplemente
sacuden el castaño de monedas falsas.
Y si alguien come demasiado y se siente a punto de
reventar, no debe preocuparse, sólo tiene que buscar
el edredón más dormilón debajo del reloj de sombra
nocturna, lanzar tres BLURPS y tres AAAHH y dormir
de un tirón hasta volver a sentir hambre.

Pero lo mejor del País de Jauja son los baños para rejuvenecer en el Parque Yupi-Hurra. El Abuelo Panza salió de allí tan rozagante que de inmediato se puso a jugar futbol con las macetas y empezó a pelear con los demás niños.

Ahora ya sabes todo acerca del País de Jauja. Si te animas a viajar allí, es hora de que te pongas en camino. A menos, por supuesto, que no me creas ni una sola palabra.